L'ASSASSIN DU POULAILLER

Sauveur BOX

PRÉFACE

Auteur, compositeur, interprète, écrivain, Sauveur BOX est un artiste atypique. Du métier de jockey au monde du spectacle avec en parallèle divers ouvrages et travaux d'écritures… des productions de chansons aux diffusions sur les réseaux sociaux en passant par l'édition récente d'une autobiographie digne d'un roman, Sauveur BOX nous propose une évasion bien différente avec : l'assassin du poulailler.

La lecture est fluide, l'histoire distrayante et l'intrigue soutenue. À cela s'ajoutent quelques pointes d'humour et de situations cocasses. En conclusion, un ouvrage sans longueur, agréable à lire qui pourrait faire l'objet d'une édition illustrée tout public.

Richard Infortunio

LES DISPARITIONS

Tout le monde se rassemble sur l'espace verdoyant de la ferme. Là, tout près d'un grand chêne, Arco demande le silence, puis il s'adresse à l'assistance.

« Je vous ai tous réunis pour vous confirmer une deuxième disparition… celle de Lona. Comme vous le savez, les recherches n'ont pas abouties. Si le périmètre de notre territoire est étendu, il a quand même une limite. On peut donc supposer que Lona a fait l'erreur de la franchir… »

« Comment aurait-elle pu y parvenir, la hauteur du grillage s'élève à plus de deux mètres », s'écrie Rika. »

« Et nous n'avons décelé aucune possibilité d'atteindre l'extérieur, pas de passage ni d'ouverture », enchaine Tito.

Arco répond aussitôt :

« Le petit cabanon, non loin du puits, se trouve à proximité de l'enceinte. En montant sur le toit, elle a pu, avec un bon élan, passer par-dessus la clôture et se retrouver de l'autre côté. N'oublions pas que Lona, comme Prico, le premier disparu, était parmi les plus aptes à réaliser une telle prouesse. Non pas par leur courage, mais par leur prédisposition qui leur permettait de faire des sauts bien plus importants que la plupart d'entre nous. Comment expliquer autrement leurs absences ? »

« Ce n'est pas possible, Lona était craintive, elle n'aurait jamais tenté de franchir le périmètre. »

Arco, monte le ton :

« Qui se permet d'affirmer que cela est impossible ? (Il cherche son interlocuteur.) Ha ! c'est toi Léo ? dit-il plus calmement. Il faut savoir que l'inconscience mène parfois à l'imprudence. Et dans ce cas, elle peut faire aussi abstraction de la peur et pousser à commettre une erreur. »

« C'est peut-être Jacques, le responsable. »

« Qui me sort ces inepties ? (Il promène son regard et s'exclame) Ho ! Zana, réveille-toi. C'est à croire que tu es sourde et aveugle. Tu planes, ma pauvre ! Jacques est parti en transhumance, il y a trois jours avec le troupeau de chèvres. Il s'est fait remplacer par Jean-Claude. Les disparitions ont eu lieu après son départ. »

« Alors, c'est peut-être ce Jean-Claude rajoute Polo. »

« Décidément, toi aussi tu n'en manques pas une. Jean-Claude est ici uniquement pour remplacer Jacques le temps de son absence. Il a la responsabilité de la ferme et n'a donc aucun intérêt à ce que les choses se passent mal. Il serait le premier à devoir rendre des comptes. De plus, Jacques a une confiance aveugle et je lui accorde la mienne sans réserve. Nous avons toujours bénéficié d'une bienveillante attention, ce qui n'est pas le cas chez le vieux Sauveur. Dans son domaine, les disparitions sont monnaie courante. Je n'en dis pas plus… âmes sensibles, s'abstenir. »

« Et justement, si c'était Sauveur ? lance Tito. »

« Que veux-tu insinuer ? lui demande Arco. »

« Ben, il pourrait profiter de l'absence de Jacques pour s'introduire sur notre territoire et opérer ses méfaits. »

« N'importe quoi, répond Polo. Le fermier n'est pas un ange, mais de là à croire une chose pareille. »

Arco le reprend aussitôt :

« Mon cher Polo, nous n'en sommes qu'au stade des hypothèses. Celle du départ volontaire de Lona et Prico a provoqué des contestations et maintenant, c'est autour du vieux. Comment expliquer qu'il n'y ait aucune trace ? Si tu as une autre idée, on t'écoute… oui Léo, tu veux rajouter quelque chose ? »

« J'ai du mal à imaginer Sauveur s'introduire dans le domaine de Jacques, pour commettre une telle action. Personne n'ignore qu'ils entretiennent une réelle amitié. »

Arco le regarde un instant puis répond :

« Cela ne l'empêcherait pas de passer outre. Comme je l'ai rappelé tout à l'heure, les disparitions sont fréquentes chez le vieux. L'occasion m'oblige de vous informer que dans sa ferme, il pratique l'exécution pure et simple de ses protégées. (Des ho ! d'exclamation se font entendre.) On peut donc supposer qu'il ait pu opérer un kidnapping et ensuite exercer sa triste besogne dans son domaine. »

« Sauveur… on peut dire qu'il ne porte pas bien son nom, celui-là, ricane Rato. Moi, je l'appelle le vieux, ça lui va mieux. »

« Pourquoi se conduirait-il de la sorte envers son ami ? interroge de nouveau Polo, il n'a aucune raison. »

« Il en a peut-être au moins une », lance une grosse poule noire surnommée : la matriarche.

« À quoi penses-tu ? demande Arco. »

« Peut-être voudrait-il par jalousie rendre responsable Jean-Claude aux yeux de Jacques. »

« C'est probable. Je précise, pour celles et ceux qui doutent des éventualités évoquées : s'il faut des preuves pour accuser, il en faut tout autant pour disculper. Personne n'a rien d'autre à rajouter ? Nous garderons donc les deux hypothèses crédibles : la première, le franchissement volontaire de l'enceinte et la seconde, l'intervention d'une tierce personne, en l'occurrence le vieux. Mon devoir est de vous protéger et je ferais tout pour être à la hauteur de mes responsabilités. Dernière chose, interdiction de s'approcher du cabanon à proximité de la clôture. Je le précise dans le cas où l'un d'entre vous aurait la mauvaise idée d'imiter les disparus… si tentés qu'ils y soient eux-mêmes montés. Vous pouvez retourner à vos occupations. Soyez prudent, je vous préviendrais lorsqu'il sera utile de faire un nouveau point. »

Tout le monde s'éparpille… Léo semble perdu dans ses pensées. Presca vient vers lui.

« Léo, je sais que tu étais proche de Lona et Prico… Ils ont peut-être réussi à atteindre l'extérieur. »

« Tu crois ça ? Pas moi. Monter sur le cabanon pour bondir de l'autre côté de la clôture, c'est impossible. Tu as vu la distance qu'il y a. Ce n'est pas un saut, c'est un envol qui permettrait cela. Comme dit le proverbe : Il ne faut pas prendre les gallinacés pour des canards sauvages. Lona n'a pas pu s'aventurer ainsi sans raison. Et Prico avant elle, non plus. »

« Et le vieux ? » Questionne de nouveau Presca.

« Tu penses qu'il trahirait ses amis jusqu'à faire accuser Jean-Claude… qu'aurait-il à y gagner ? Non, je ne trouve pas ça logique. Agir pour en tirer un profit, je n'y crois pas non plus, il n'a pas besoin de ça. »

« Désolé Léo, mais Lona et Prico ont pourtant bien disparu. Le franchissement de la clôture ou un enlèvement sont les seules pistes que nous ayons. Nous n'avons rien d'autre. On ne peut les écarter en jugeant simplement que cela est impossible. »

« Presca, je ne rejette rien. Je suis tout à fait d'accord pour en tenir compte, mais pas de s'en contenter. »

« S'ils n'ont pas franchi la clôture et si le responsable n'est pas le vieux, tu as une autre explication ? »

« Non, je n'en ai pas, mais je doute de celles évoquées, c'est tout. »

« Ne te vexe pas Léo, je suis tout autant que toi préoccupé par ces disparitions, ajoute Presca. »

« Je sais Presca. Aller viens, rentrons, le soir tombe et Arco n'aime pas les retardataires. Demain est un autre jour. »

Les voilà qui s'éloignent et finissent par se séparer. Léo se dirige vers les petits cabanons qui renferment de nombreux perchoirs. Tandis que Presca regagne un hangar où sont entreposées des dizaines de cases dans lesquelles pondent et dorment les poules.

Arco, le maitre des lieux tient à ce que chacun occupe la place qu'il a acquise. Léo envisage depuis quelque temps de partager le même abri que Presca. Mais jusqu'à présent, il n'a pas osé aborder le sujet ni avec lui ni avec elle. Pourtant, les étranges disparitions le pressent d'en faire la demande.

La nuit est tombée maintenant. Un profond silence enveloppe la ferme. L'obscurité se fait plus oppressante. Seul un croissant de lune verse une clarté diffuse. Un vent léger frissonne sur les hautes herbes et les broussailles. Les grillons paradent dans un chuchotement incessant. Un peu plus loin, et tout en haut dans les branchages du grand chêne, un hibou signale sa présence. Il hulule dans l'espoir qu'une demoiselle lui hulotte quelque chose. Tous ces éléments ne perturbent pas le silence, au contraire, ils ne font qu'un. Mais rien n'arrête le temps. Il poursuit sa course. Les premières lueurs qui traversent l'horizon annoncent un nouveau jour. Arco ne tarde pas à lancer de vigoureux cocoricos. Peu à peu, des dizaines de poules, de poulets et de jeunes coqs se dispersent sur le terrain.

UN SUSPECT TOUT DÉSIGNÉ

Jean-Claude sort de la maisonnette une tasse de café à la main et là, tout près, il s'assoit sur un banc en pierre. Une vue plongeante lui permet de dominer le champ en contrebas. Il promène son regard au-delà de la cime des arbres et jusqu'aux reliefs montagneux qui dessinent la ligne d'horizon.

« On n'est pas bien là ? dit-il. »

Après avoir consommé tranquillement sa boisson matinale, il saisit un grand panier en osier et prend la direction de ·la basse-cour. Il descend quelques marches puis emprunte le petit sentier qui mène jusqu'à l'enclos. Après quelques pas encore, le voilà dans le hangar. Il se dirige tout au fond et empile quelques ballots de paille. Un peu à l'écart se trouvent les abreuvoirs et les mangeoires automatiques. Il ne manque pas d'y jeter un œil et de contrôler que tout est en ordre. Puis, enfin, il ramasse les œufs déposés dans les cases, comme il le fait chaque matin en chantonnant :

« Un œuf, des œufs, et je t'en fais… et je t'en fais… des omelettes. »

Une fois son panier bien rempli, il ne tarde pas à quitter le hangar. Au moment de franchir l'enceinte, Arco se rapproche de lui. Tout à coup, il fait mine de l'attaquer pour signifier à ses congénères qu'il est le maitre des lieux.

« Tu vas me foutre le camp », gronde Jean-Claude.

Arco ne demande pas ses restes et s'éloigne. Mais lentement, il tient à démontrer à ses protégées qu'il n'a pas peur. Il le fait quand même en jetant un œil derrière lui, prêt à décamper si Jean-Claude le poursuit. Puis, à distance, il lance un nouveau : cocorico.

Soudain, Dino, affolé, accourt dans sa direction en caquetant :

« Arco… Arco… ça recommence… ça recommence. »

« Mais calme-toi. Qu'est-ce qui recommence ? »

« C'est Tania, elle a disparu. Nous devions nous retrouver. Je l'ai cherchée partout et personne ne l'a vue. »

« Reprends-toi, lui commande Arco, elle est peut-être dans les parages. Inutile de paniquer, je vais lancer un appel au rassemblement et si elle est absente nous aviserons. »

Arco, alerte la communauté avec un long cocorico. Tout le monde se regroupe vers le chêne, comme le jour précédent. Le vieux coq attend quelques instants pour s'assurer de la présence de tous ses congénères.

Puis, il interroge fortement :

« Tania, si tu es parmi nous, caquette… »

Un lourd silence s'installe pour laisser place à des chuchotements. Puis le ton monte pour finir dans un véritable brouhaha. C'est la panique. Arco se met en colère :

« Cocorico, taisez-vous, hurle-t-il »

« Si l'interdiction d'approcher du cabanon a été respectée, ce dont je n'ai aucun doute, il ne reste qu'un suspect possible. Qu'un seul : le vieux. »

« Hier soir, je l'ai vu discuter avec Jean-Claude, dit la matriarche. »

« Et alors, répond Presca, qu'est-ce que ça prouve ? »

« Ben, ça prouve qu'il était dans les parages et les causes à effet ne sont pas difficiles à établir. »

« Tu penses que cela suffit pour en faire une certitude ? reprend Léo. »

« Je ne sais pas si cela suffit, mais c'est encore un indice de plus qui le désigne », lui lance avec ironie la matriarche »

« Elle a raison, dit Arco. Cette piste est la seule que nous ayons. Elle est pour le moment la plus logique. Car, si nous ne retrouvons aucune trace des disparus, c'est tout simplement parce qu'ils ont été emportés. Et une telle action ne peut être que l'œuvre d'un humain. La haute sécurité de la ferme empêche toute intrusion. Trois d'entre nous se sont maintenant volatilisés. Nous ne pouvons plus tergiverser. (Des caquètements d'approbation fusent dans l'air et Arco poursuit.) J'ai donc échafaudé un plan pour provoquer l'éloignement du criminel. Chaque fois que l'un de nous verra le vieux à proximité de l'enclos, il enverra un signal en enchainant des caquetages. Nous nous regrouperons autour de lui le plus rapidement possible et tous ensemble, nous lancerons des cris de détresse. Jean-Claude sera alerté. Il prendra conscience qu'il y a un problème entre nous et le vieux. Quand Jacques reviendra et qu'il prendra connaissance des disparitions, il demandera des comptes à Jean-Claude. Il faudra bien que celui-ci lui donne une explication. Comme il n'en aura pas vraiment, il finira par l'informer des réactions de panique que nous aurons faites à l'approche de l'agresseur. Il en tirera alors des conséquences. »

« Ça alors, s'étonne Polo, c'est une bonne stratégie. »

« Oui, poursuit Léo, mais comme dit le proverbe: ne mettons pas la charrue avec les œufs. Même si la piste semble sérieuse, agir sans certitude comporte un risque. »

« Pour aller dans ton sens, il faudrait donc prendre le coupable sur le fait… lance Rato, et ça, c'est une autre histoire. »

« Je n'irai pas jusque-là. Je sais bien la difficulté de résoudre une telle situation, mais nous pourrions peut-être chercher de nouveaux éléments pour conforter la culpabilité du fermier. Et puis, les réactions de Jacques et de Jean-Claude sont imprévisibles. »

« S'il faut se soucier des conséquences, moi, je dois penser aux nôtres avant tout, lui répond Arco. Je ne le répèterais jamais assez, mon devoir est de vous protéger et je dois faire un choix. Soit attendre d'obtenir, par je ne sais quels moyens, d'autres indices, soit agir. En regard de la situation, tu ne m'en voudras pas si j'opte pour la deuxième solution. Comme disait mon grand-père : ne court pas sur une patte quand tu peux te servir des deux, tu iras plus vite. Nous allons donc mettre notre plan à exécution. Toutefois, si un nouvel élément venait à voir le jour, j'en tiendrais compte. Voilà, l'essentiel est dit. Que chacun reprenne ses habitudes, mais restez vigilants. »

Tout le monde se disperse. De petits groupes se forment. Chacun y va de bon cœur pour donner son avis. Et la psychose s'installe.

Presca se rapproche de Léo :

« Ils sont tous convaincus que c'est le vieux. »

« Oui, je sais, dit Léo. Mais si la stratégie d'Arco fonctionne et qu'il n'y est pour rien, il va avoir des ennuis. »

Presca semble étonnée :

« Écoute, le saut par-dessus le grillage est écarté, il ne reste que lui. Si tu as encore des doutes, il faut que tu m'expliques. »

« Si le vieux exécute parfois ses protégées, je ne peux me soumettre à l'idée qu'il ait pu trahir ses amis et d'une façon des plus ignobles. »

« Prico, Lona et Tania ne se sont tout de même pas volatilisés comme par magie, insiste Presca. »

« Tu as raison… ils sont peut-être encore ici ? »

« Comment ici ? demande Presca. »

« Ben, ici, insiste Léo. »

« Tu veux dire… dans l'enclos ? »

« Oui, tout à fait. »

« Mais nous en avons fait le tour. »

« Nous avons seulement constaté qu'il était impénétrable. Qu'il n'y a pas de passage ! Mais nous n'avons pas fouillé, les broussailles, les fourrés… »

« Tu penses vraiment que le coupable aurait pu cacher ses victimes et passer inaperçu, interroge Presca. »

« S'il opère de nuit, c'est bien probable. Et puis… il reste quand même un grand espace inexploré. »

« Ha bon ! s'étonne Presca… éclaire-moi un peu là parce que je ne vois pas où tu veux en venir. »

« Je veux parler de toute la surface du terrain. »

« Mais Léo, retourner le champ, c'est impossible. »

« Je n'ai jamais pensé à le labourer. Il suffirait d'engager une sorte battue. Les victimes pourraient être camouflées quelque part. »

« Pour accomplir une telle opération, il faudrait prévenir tout le monde. »

« Surtout pas, ce serait alerter l'assassin et lui donner l'occasion d'effacer des traces, des indices, qui pourraient nous conduire jusqu'à lui. Nous devons annoncer les fouilles et les effectuer aussitôt. L'énergumène n'aura alors pas le temps de brouiller les pistes ou cacher quoi que ce soit. »

« Si je te suis bien, tu penses que le coupable est parmi nous. »

« Ce n'est pas impossible… jusqu'à preuve du contraire. Raison pour laquelle nous ne devons rien négliger. Tiens, voilà Reinette et Rubi qui se rapprochent, informe-les, pendant ce temps, je vais proposer à Arco d'organiser cette battue. »

Léo part à la rencontre du maitre des lieux. Il salue au passage ses amis et les interpelle sans marquer le pas :

« Voyez Presca, elle va vous expliquer. »

Son attitude interroge un peu Rubi et Reinette, mais ils ne le retiennent pas et se dirigent vers Presca. Léo croise en chemin quelques congénères :

« Savez-vous où se trouve Arco ? questionne-t-il. »

« Je crois qu'il est près du chêne, lui indique Zana. Il doit réfléchir, notre philosophe. »

« Ho ! Zana, tes moqueries vont finir par lui siffler aux oreilles. »

« Il y a du nouveau ? » Demande-t-elle.

« Non, pour le moment, rien de spécial », lui lance-t-il en s'éloignant.

Il arrive maintenant dans un secteur où les herbes sont les plus hautes. Elles se couchent sur son passage. Après une courte traversée, il aperçoit Arco à proximité du grand chêne. Aussi, le maitre des lieux ne tarde pas à le repérer. Les deux coqs se retrouvent face à face et Léo lui fait part de sa proposition. Il n'a pas le temps de conclure qu'il est interrompu.

« J'y ai pensé, Léo. Cette idée est venue me trotter dans la tête lors de mon dernier discours. Je n'ai pas voulu la divulguer pour la même raison que toi : l'effet de surprise. Je rassemblerais tout le monde dans l'après-midi et nous effectuerons cette battue. Nous allons cette fois ratisser tout le terrain. Cela nous permettra de lever nos doutes sur le vieux ou bien de renforcer sa culpabilité si nos recherches ne donnent rien. Rejoins tes amis, et surtout, fais comme si de rien n'était. »

Léo s'exécute, mais à peine s'est-il éloigné qu'Arco le rappelle aussitôt.

« Attends ! Ne pars pas de suite. » (Il a l'air pensif, le regard fixe.)

« Que se passe-t-il », s'inquiète Léo.

« Il y a un endroit où personne n'a songé, moi y compris. »

« Un endroit… quel endroit ? » Demande Léo ébahi.

« Le puits, prononce Arco avec angoisse, le puits. Par précaution, pour ne pas tenter les plus jeunes, j'ai toujours interdit à quiconque de s'en approcher… tu le sais Léo. »

« Oui, bien sûr, et c'était une bonne décision. Nous n'avons d'ailleurs jamais eu à souffrir d'un quelconque incident. »

« Viens avec moi, lui commande Arco, allons vérifier ensemble, il faut en avoir le cœur net. Soyons discrets, ce n'est pas le moment d'alerter les autres. »

Le puits n'est pas très loin du chêne. Juste à quelques pattes de là. Ils ne tardent pas à se rendre devant une bordure circulaire faite de brique. Sans effort, et d'un petit battement d'ailes, ils se retrouvent perchés au-dessus de ce qui ressemble plus à un trou desséché qu'à un puits. Ce n'est pas profond du tout, moins d'un mètre. Léo le constate aisément.

« Il n'y a jamais eu d'eau ? » questionne-t-il.

« Il y en a eu à l'époque des grands-pères, mais il y a bien longtemps qu'il est tari. La source qui l'alimentait a été détournée par Jacques. Apparemment pour irriguer ses champs. Je ne vois pas d'autres raisons. »

« Peut-être par sécurité », indique Léo.

« Non, ce n'est pas pour cette raison, car il y avait une grille de protection. »

« Et pourquoi l'a-t-il enlevée ? »

« Pour l'utiliser ailleurs, je suppose. Jacques a dû penser qu'une fois asséché, le puits ne représenterait plus aucun danger. Mais, il se trompait. Les poussins imprudents promenaient sur la bordure et tombaient parfois dans ce trou. Nous devions alors les aider à en sortir sans quoi, il leur était impossible de rejoindre leurs mères… Tu aurais entendu comme elles caquetaient. J'ai donc fini par interdire à quiconque de s'approcher de ce puits ou plutôt de ce qu'il en reste. »

« Tu as bien fait Arco, à ta place, j'aurai pris la même décision. »

« À ma place ? Tu y seras peut-être un jour Léo. »

« Ce n'est pas ce que j'ai voulu sous-entendre. »

« Je sais… je sais. Tu es quelqu'un de droit, comme ton père que j'ai connu jadis étant jeune… Bon, tu peux y aller, tiens-toi prêt, je ne tarderais pas à mobiliser tout le monde sans exception. »

Léo rejoint ses confidents et les informe de l'imminent rassemblement.

« Presca nous a confié tes doutes et je partage ta réserve, lui dit Rubi. »

« Je ne suis sûr de rien, mais nous verrons bien. »

Les questionnements vont bon train, jusqu'au moment où l'appel d'Arco retentit dans l'espace. Toute la communauté y répond le bec au vent. Un attroupement se forme peu à peu aux abords du grand chêne. Lorsque les retardataires ont fini de rejoindre le groupe, il demande le silence et prend la parole :

« Le plan initial qui consistait à piéger le vieux est reporté. (Des ho ! de déception montent de toutes parts.) Cessez de caqueter, ordonne-t-il. Reporter, ce n'est pas annuler. Une autre hypothèse a vu le jour. »

(De nouvelles exclamations se font entendre.)

« Ça ne peut être que le vieux », cocoricote Rato, le jeune coq impétueux.

Des caquètements se succèdent de tous côtés :

« Il a raison », dit l'un. »

« On perd du temps », dit un autre. »

« On ne va pas attendre qu'il y ait d'autres victimes. Il faut que le vieux paye », s'insurge Kalu.

Arco se met en colère :

« Cocorico… (traduction : taisez-vous.) Nous ne devons écarter aucune piste, aucun détail. »

Gala l'interrompt :

« Quelle piste, quel détail ? »

« Si tu ne m'avais pas cloué le bec, je serais peut-être déjà en train de l'expliquer. En même temps, tu me donnes l'occasion de faire un point général avant de conclure. Tout au début des disparitions, il y avait deux évidences : soit les victimes avaient été emportées, soit elles étaient restées sur place. Comme vous le savez, nous avons fait le tour de l'enclos et les environs. Nous n'avons trouvé aucun passage, aucun indice et aucune trace de nos amis. Il est donc facile d'en déduire que Lona, Prico et Tania ont été enlevées. Cependant, afin que cela se confirme sans équivoque, nous allons effectuer une nouvelle recherche. Non pas sur le périmètre et quelques feuillages, mais sur tout notre territoire. »

« Tout l'espace, s'étonne la matriarche… il faudra plusieurs jours. »

« Non, nous le ferons en formant une ligne sur toute la largeur du champ. Et nous ratisserons d'un bout à l'autre. Léo supervisera la partie droite, côté chêne, et moi, celle de gauche côté cabanons. Nous allons fouiller chaque broussaille, chaque fourré. Si l'un d'entre vous se trouve devant un obstacle, il lancera un appel et nous marquerons l'arrêt. Sitôt son contrôle exécuté et si rien n'est découvert, Il caquettera et nous reprendrons la marche en avant. Est-ce que tout le monde a bien entendu… et surtout bien compris ? »

« Si l'on pense qu'il y a une trace suspecte, on s'arrête ? demande Miro. »

« Ha Miro ! Tu portes bien ton nom, ce serait paradoxal que tu voies quelque chose toi. Mais bien sûr, si le cas se présente, il faut marquer l'arrêt et nous alerter si vous avez un doute. Léo ou moi viendrons vérifier et juger de l'indice. (Il monte le ton.) Tout le monde est prêt. Alors, ne perdons plus de temps, rejoignons tous l'extrémité du champ. J'ai bien dit : tous. »

Une ribambelle de volailles se dirigent en troupe désordonnée tout au fond de l'espace dont elles jouissent. Mais l'alignement ne s'exécute pas aussi aisément que le souhaite Arco. Certains cherchent à se placer auprès de celle ou celui qu'il côtoie habituellement. Il intervient fermement :

« Cocorico… Vous allez me cesser ce cirque, oui ? Nous ne sommes pas là pour batifoler. En ligne, tous », ordonne-t-il en s'égosillant.

Cette fois, toute la troupe obtempère et la rangée se forme. Après quelques instants, Arco vérifie l'alignement. Puis, il donne le départ : « Cocorico. » Les poules et les coqs, au plumage divers, dessinent une ligne multicolore qui occupe toute la largeur du champ. La progression s'effectue lentement mais surement. Après une courte distance parcourue, un caquètement retentit. Tout le monde marque l'arrêt comme prévu. Mais, c'est peine perdue, il n'y a rien, c'est une fausse alerte. Les recherches reprennent. Le temps passe, toujours rien, aucune trace.

Devant la maisonnette, on y voit Jean-Claude perché sur une échelle. Il profite de cette belle journée pour renforcer une tonnelle malmenée par les vents. Machinalement, son regard se promène dans les alentours, puis il se concentre de nouveau sur sa tâche. Tandis qu'il s'apprête à planter un clou, il s'immobilise. Quelque chose a furtivement perturbé son attention. Il se tourne alors vers le champ et reste figé comme une statue.

« Mais qu'est-ce qu'elles font ? Qu'est-ce que cela veut dire ? Personne ne me croira si je raconte ça… »

Le comportement des volailles le laisse pantois. Après quelques instants de stupeur, il descend de l'échelle, saisit son téléphone et compose un numéro.

« Allo, Sauveur… tu m'entends ? Non, il n'y a rien de grave, mais tu ne vas pas me croire. Les poules… mais oui, elles sont dans le champ. Tiens-toi bien, elles sont toutes en ligne, en rang d'oignon. On dirait un défilé. Tu rigoles ? Je ne plaisante pas. Elles sont toutes alignées sur la largeur du terrain. Ho ! tu m'écoutes ? Je te répète, ce n'est pas une blague. Hé non, ça n'a pas du tout l'air d'un coup de hasard, elles progressent ensemble dans la même direction les unes aux côtés des autres. Il faut que tu voies ça. Tu ne peux pas faire un saut ? Non, je ne peux ni filmer ni prendre des photos, mon téléphone a un problème. Mais viens, tu n'en croiras pas tes yeux. D'accord, mais ne tarde pas, j'ignore combien de temps va durer le défilé. Bon, je t'attends. »

Jean-Claude remonte sur l'échelle et regarde les poules s'avancer lentement. Il est tout autant émerveillé que stupéfait. Puis, il quitte de nouveau son piédestal et regagne la maisonnette. Dans le champ, la battue progresse. Mais toujours rien, aucun indice. Jean-Claude, lui, s'impatiente, il rappelle son ami.

« Si tu veux voir le spectacle, ne tarde pas… Ben, elles vont bientôt atteindre le côté opposé. Je ne sais pas si elles vont faire demi-tour et continuer dans les mêmes conditions. Eh oui, elles sont encore en ligne… Je t'attends. »

Il coupe court à la communication, ressort de l'habitation et s'assoit sur un banc près de la porte d'entrée. Le temps passe. Ce qu'il ignore, c'est que le régiment, comme il l'appelle, vient juste de terminer ses recherches. Arco rassemble ses troupes. Le regroupement s'effectue sans tarder.

« Notre entreprise a échoué, dit-il. Personne n'a trouvé d'indices. Cet échec confirme que nos camarades ont bien été emportés. Et une telle action ne peut être que l'œuvre d'un humain. Seul, Sauveur, est apte à commettre ce genre de forfait. À moins que l'une ou l'un d'entre vous n'apporte un nouvel élément. (C'est le silence complet.) Personne n'a rien à rajouter ? Nous allons donc appliquer le plan initial. Il ne reste plus qu'à attendre que le vieux se rapproche. La suite, vous la connaissez : rassemblement autour de la cible et simulation d'affolement général. »

Jean-Claude toujours assis sur le banc est enfin rejoint par son ami.

« Salut, vient… on y va de suite. »

Les voilà qu'ils prennent le petit passage qui traverse le jardin et se dirigent vers l'enclos. La matriarche est la première à les apercevoir au loin. Elle lance aussitôt ses caquètements de détresse. Tout le monde est surpris par la soudaine circonstance. C'est le branle-bas de combat pour se regrouper le plus rapidement à proximité de l'entrée. Dépêchez-vous, ordonne Arco, ils arrivent. Quand Jean-Claude ouvre le portillon d'accès suivi de Sauveur, il est stupéfait. Toute la basse-cour est rassemblée devant eux, immobile.

« Qu'est-ce qu'elles ont ? interroge Jean-Claude hébété. Tout à l'heure, elles étaient en rang d'oignon et maintenant, toutes plantées devant nous… Tu as manqué le défilé, tu peux admirer la manif. »

Aussitôt que Sauveur fait un pas, les volailles caquettent et bondissent en provoquant un vacarme assourdissant. Machinalement, il s'immobilise. Et là, elles cessent de s'agiter. Jean-Claude reste sans voix, la situation l'interroge. Il regarde son ami, puis à son tour, se rapproche de ses protégées. Rien ne se produit. Les gallinacés n'ont aucune réaction. Mais quand Sauveur se déplace de nouveau, la cacophonie reprend de plus belle. Ça cocoricotte et ça court de tous les côtés dans un affolement incompréhensible.

« Ça alors, dit Jean-Claude, elles semblent avoir peur de toi, même le coq dominant… ne bouge plus pour voir. Et voilà, tu t'arrêtes et elles s'apaisent. »

« Si Jacques me les confie, je vais te les calmer, moi, dit Sauveur. Mais j'avoue quand même que leur réaction est bizarre. »

« Si tu les avais vues tout à l'heure sur le champ… tu n'en reviendrais pas. Bon, viens, on va boire un verre. Tu n'es pas pressé ? »

« Non, mais je n'ai pas trop de temps non plus. »

Ils quittent l'enclos et retournent vers la maisonnette.

« Le piège a fonctionné, dit Arco. Notre affolement n'est pas passé inaperçu aux yeux de Jean-Claude. Demain, nous posterons des guetteurs. Lorsque le vieux sera à proximité, nous recommencerons notre stratagème. »

Toute la communauté s'éparpille peu à peu dans le champ. De petits groupes se forment et les caquètements vont bon train. Léo, Rubi, Presca et Reinette échangent aussi entre eux.

« Voilà, dit Rubi, ils sont maintenant tout à fait convaincus de tenir le coupable. »

« Moi, j'ai toujours du mal à y croire. Et toi, Presca ? » questionne Léo.

« Je suis partagée. Je peine à me convaincre de la culpabilité du vieux et en même temps, tout le désigne comme suspect. »

« Les suspects ne sont pas toujours des coupables. »

« Que faire, demande Reinette ? Au point où nous en sommes, je ne vois pas comment la situation pourrait prendre une autre tournure. »

« Oui, et j'ai bien peur que nous soyons les seuls à nous poser ces questions, conclut Léo. »

Les conversations vont bon train de tous côtés, jusqu'en fin de soirée. Finalement, elles sont interrompues par l'appel d'Arco, car les dernières lueurs se fondent peu à peu vers l'horizon. Il est l'heure de rejoindre les abris. Rubi conduit Reinette tandis que Léo raccompagne Presca jusqu'à l'entrée du hangar.

« La nuit porte conseil. Surtout, ne quitte pas ta case, dit-il en s'éloignant… »

Elle lui fait un signe de l'aile et Léo regagne l'un des cabanons où il retrouve son perchoir.

Le ciel s'assombrit et couvre les dernières clartés. La ronde du temps suit son cours. Le hibou, fidèle au rendez-vous, souligne sa présence. Tout est calme. Sauf qu'au milieu de la nuit, de petits craquements perturbent le silence. Quelque chose semble ramper sur le sol. Un hérisson peut-être. Ils sont nombreux en cette saison et avec les taupes, les seuls à occuper le terrain. Pourtant, les bruissements s'atténuent et finissent par se fondre dans l'obscurité. Le temps s'écoule paisiblement jusqu'aux premières lueurs de l'aube. Arco, comme à son habitude, lance ses cocoricos et réveille tout son monde. Y compris Jean-Claude qui est encore alité. Et il n'a pas vraiment l'air enchanté :

« Ce coq, je vais le pendre, râle-t-il. »

UNE VICTIME DE TROP

Comme chaque matin, les volailles se dispersent. Mais très vite, un groupement se forme dans le champ. Il y a une agitation inhabituelle. Léo qui est à proximité se presse d'aller voir ce qui se passe.

« C'est Zana, dit Polo, je crois qu'elle est morte. »

Léo se rapproche…

« Écartez-vous. » Il se penche vers elle.

« Zana, tu m'entends… que s'est-il passé ? Zana… »

Elle caquette faiblement à plusieurs reprises. Puis, plus rien. Zana ne bouge plus. Léo reste quelques instants immobile. Pendant ce temps, tout le monde s'est regroupé. Arco se fraye un passage et interroge avec inquiétude :

« Qu'y a-t-il, Léo ? »

« Zana est morte. Cette fois, l'assassin n'a pas réussi à faire disparaitre sa victime. Ce qui remet en cause la culpabilité du vieux. Comme chacun le sait, si c'était lui, il l'aurait emporté… contrairement à ce que pourrait faire l'un d'entre nous. »

« Que veux-tu dire, demande la matriarche, par contrairement à ce que pourrait faire l'un d'entre-nous ? »

« Que l'assassin se trouve parmi nous, conclut Léo ! »

Une exclamation monte du groupe.

« Le coupable a commis une erreur en laissant sa victime pour morte et il est démasqué », souligne Léo avec conviction.

« Qui donc ? demande Arco avec empressement. »

« Toi… toi, Arco. »

Des ho ! montent de toute part.

« Tu m'accuses ? Moi. Est-ce par jalousie ? Es-tu pressé de me remplacer, de devenir le maitre ? »

« Non, rien de tout cela. Mais ta façon de mener le groupe et soumettre des versions discutables a forgé mes soupçons. »

Arco réagit fermement.

« Je n'ai eu qu'un but : démasquer l'assassin, je n'ai eu qu'une préoccupation, vous protéger tous. Oui, j'ai incriminé le vieux. J'étais persuadé qu'il était coupable. Mais nous étions pratiquement tous convaincus qu'il l'était. Tu vas tous nous accabler ? »

« Pas tous. Toi, seulement. »

« Léo, comment ne pas douter, demande la matriarche ? Je reconnais que nous avons fait une erreur en mettant le Sauveur sur la sellette. Mais es-tu sûr que tu n'en fais pas une à ton tour en accusant Arco ? »

« Non, car j'ai une preuve irréfutable. Elle vient de Zana. (Une forte exclamation couvre aussitôt le silence.) Elle a réussi à caqueter trois fois le nom d'Arco avant de nous quitter. Je vous demande de l'arrêter, de l'emmener dans une case et de l'y enfermer. Nous aviserons ensuite. »

Un groupe de jeunes coqs et de poules costaudes s'exécutent et encerclent Arco. Devant le nombre, il ne peut réagir ni s'opposer. Il se met à hurler :

« Vous faites une grave erreur en écoutant Léo. Il vous prend pour des canards et vous mène en bateau… S'il est vrai que Zana a prononcé mon nom, c'est pour m'appeler à l'aide. »

Malgré ses protestations, Arco est emmené jusque vers les cases, puis il est poussé à l'intérieur de l'une d'elles. Quelques congénères s'appuient sur la porte jusqu'à ce qu'elle se rabatte. Puis, d'autres, en grattant le sol, projettent de la terre et de petits cailloux qui finissent par bloquer le battant. Et le tour est joué.

Pendant ce temps, Presca, Rubi et Reinette se rassemblent autour de Léo.

« Léo, on ne peut pas laisser la communauté sans guide. Tu dois briguer le commandement. »

« Rubi à raison reprend Presca. Tous ces évènements ont perturbé la cohésion des groupes.

S'il n'y a pas une autorité impartiale pour les canaliser, il risque d'y avoir des problèmes. »

« Tu es le mieux placé, ajoute Reinette. »

« Si je le suis, cela ne me suffit pas. J'ai conscience que l'on ne peut laisser les choses en l'état, je ne compte pas me dérober, mais il me faut un opposant. L'une ou l'un d'entre vous doit aussi se porter candidat, auquel cas je ne pourrais pas me sentir légitime. »

« Pour le savoir, dit Reinette, il n'y a plus qu'à lancer un appel au rassemblement. Coki se fera un plaisir de présenter l'évènement. »

« J'espère qu'il le fera sérieusement, dit Presca, il est habitué à des envolées plutôt farfelues. »

Les petits groupes formés dans le champ se transmettent peu à peu l'information. Le bec à oreilles fait merveille. (Traduisez, le bouche à oreilles.) Léo envoie un généreux cocorico de ralliement. Pas encore bien maitrisé vu son jeune âge, mais efficace quand même. Tout le monde finit par se réunir vers le grand chêne. Et Léo expose la situation.

« Comme vous le savez, Arco a été démis de ses fonctions suite aux évènements récents. Nous n'allons pas laisser les choses en l'état. Je me porte candidat pour le remplacer, mais sous une condition : que je ne sois pas le seul à postuler devant vous ! Si je soumets cette réserve, c'est par souci de transparence afin de rendre le résultat plus légitime. Je donne la parole à Coki. »

« Salut tout le monde… ça va ? »

« Hé ! Coki, ne prend pas la chose à la légère, tu n'es pas là pour faire ton numéro, lui reproche Presca… »

« Bon… Alors voilà, je propose à celles et ceux qui désirent postuler de se manifester. Nous voterons, ailes levées, et la majorité l'emportera… (personne ne semble motivé et Coki ne manque pas de le souligner.) Houla ! il n'y a pas foule. Allons, il ne peut pas y avoir d'équité si Léo se retrouve seul. Quelqu'un veut-il bien avoir l'honneur de participer ? »

« Moi, répond la matriarche. »

« Ha ! Très bien, viens ma poule, rapproche-toi…
Personne d'autre ? Par contre, il faut un volontaire
pour approuver le comptage des ailes. Oui Rubi,
rejoint-nous. »

Rubi se présente aux côtés de Léo, de la
matriarche et bien sûr de Coki qui reprend :

« Nous allons d'abord faire honneur à la vieille…
heu, je veux dire, à l'une de nos plus anciennes
lanternes. Que celles et ceux qui désirent qu'elle soit
notre guide lèvent une aile ! »

Juste à ce moment, Jean-Claude jette un œil vers
le champ.

« Mais qu'est-ce qu'elles foutent ? Ho ! Ça alors !
Maintenant, c'est un cours de gym. Sauveur ne va pas
me croire et Jacques va me dire d'arrêter de boire. »

Au loin, Coki poursuit :

« Nous allons passer à la candidature de Léo. Que
celles et ceux qui optent pour Léo lèvent une aile. »

Léo obtient une majorité écrasante.

« Hé ben ! À première vue, c'est plié, lance Coki avec un rire moqueur. Je vois que Rubi est de mon avis, donc, on peut conclure. Hum ! Le résultat du vote est en faveur de Léo. Si personne ne conteste, exprimez votre approbation. »

Tout le monde frappe des ailes et Jean-Claude n'en perd pas une miette.

« Incroyable, on dirait qu'elles applaudissent maintenant. »

Léo prend la parole :

« Maintenant que Arco ne peut plus nuire, nous voilà libérés d'une pression. Je ne vous retiens pas plus. Vous pouvez vaquer à vos occupations, flâner et batifoler. Inutile de vous tracasser, nous aviserons demain, conclut Léo. »

Toute la compagnie s'éparpille. Un flot de caquètements fuse dans les airs. Les discussions vont bon train, mais dans une ambiance ; bon poussin.

(Traduisez : bon enfant.) Jean-Claude, hébété, assiste à la scène.

Presca, Reinette et Rubi rejoignent Léo pour le féliciter.

« Il y a quand même un mystère qui n'a pas été soulevé et qui m'interroge toujours, précise Léo. Je n'ai pas voulu l'évoquer pour ne pas saper le moral des groupes. »

« Tu veux parler des conditions des agressions ? interroge Rubi. »

« Non, reprend Léo. Pour cela, je soupçonne qu'elles aient toutes eu lieu la nuit, vers les cases les plus isolées. La victime est d'abord violentée sans pouvoir réagir et ensuite elle est entrainée à l'extérieur. Mais le mystère qui peut nous préoccuper tient en une question : où se trouvent les disparues ? Zana a été retrouvée sur le terrain et laissée pour morte. Mais les autres où sont-elles ? »

« Je pense comme tu l'as dit au début ; elles sont dans notre espace », dit Rubi. »

« Pourquoi n'avons-nous rien découvert alors ? questionne Reinette. »

« Cela fait partie de l'énigme, répond Presca. Je veux bien croire que les victimes n'aient pas quitté l'enclos, mais dans le même temps, comment le justifier ? Nous avons fouillé tous les recoins sans relever le moindre indice. »

« Quelque chose doit nous échapper. Arco détient certainement la clef. Il faudra qu'il parle, insiste Rubi. »

« Arco est têtu, s'il est difficile de lui clouer le bec, ce sera tout aussi compliqué de lui faire avouer quoi que ce soit, dit Léo. Nous verrons bien. Le soir tombe. Si vous voulez vous dégourdir encore un peu les pattes, profitez-en, nous n'allons pas tarder à rentrer. »

Le même rituel finit par se produire. Tout le monde regagne son abri avec plus ou moins de nonchalance qu'à l'habitude. L'arrestation et la culpabilité d'Arco ont eu pour effet de rassurer une majorité d'entre eux. Le terrain est peu à peu déserté et la nuit s'annonce paisible… en apparence. Car un courant d'air léger se renforce au fur et à mesure que le temps passe. Le hibou ne hulule pas. Peut-être à cause des bourrasques qui font maintenant danser les branches du grand chêne. Pourtant, dès l'aube, le vent s'est essoufflé. Un nouveau jour se lève. Cette fois, c'est Léo qui l'annonce avec de fougueux cocoricos.

L'ÉNIGME.

Comme chaque matin, toute la communauté regagne le champ… Mais très vite, Léo lance une alarme. Il court de long en large, affolé. Presca a disparu. Il ameute tout le monde. Et une nouvelle battue s'organise. Ils inspectent chaque parcelle du terrain. Rien, pas une trace. Léo est abattu.

« Continuez de chercher crie-t-il, quand certains, découragés, finissent par baisser les bras… enfin, les pattes. »

Tout à coup, quelqu'un hurle :

« Elle est là. Elle est là, dans le puits ».

Léo s'y dirige. Rubi le suit.

« Poussez-vous, ordonne Léo avec excitation. »

Il monte sur la bordure et saute dans la cavité.

« Presca… Presca… lance-t-il avec angoisse. Elle a perdu connaissance, mais elle respire. »

Léo parvient à la hisser et ses congénères lui viennent en aide pour l'extirper. Il s'apprête à sortir du puits quand tout à coup, il s'immobilise. Des mots lui reviennent en tête. Des mots qui disaient :

« Il n'y a jamais eu d'eau ? Il y en a eu à l'époque des grands-pères, mais il y a très longtemps qu'il est tari, la source a été détournée par Jacques. »

Il se met à gratter le sol et ressort aussitôt.

Presca, elle, reprend peu à peu ses esprits, mais elle tient à peine sur ses pattes.

« Je la raccompagne, je vous rejoindrais plus tard », indique Léo.

Il épaule Presca jusqu'à ce qu'elle atteigne sa case. Après quelques instants, il se décide à l'interroger :

« Presca, que s'est-il passé, comment t'es-tu retrouvée dans le puits ? »

« Je ne sais pas. Je me souviens avoir reçu des chocs, puis, plus rien. Je n'ai rien vu. »

« Tu vas rester là et te reposer, je reviendrais plus tard… je t'expliquerai. J'ai résolu l'énigme, insiste-t-il. »

Léo repart vers le champ. Rubi la mine inquiète vient vers lui.

« Ils sont tous en train de se monter contre toi. Certains veulent aller libérer Arco. »

Léo se dirige vers un attroupement. L'accueil n'est pas chaleureux, la colère gronde.

« T'en rends-tu compte, rage Rato, tu nous as convaincus de la culpabilité d'Arco. Nous l'avons enfermé et voilà que ça recommence. »

« Il faut le libérer, dit Kalu. »

Les voix de la révolte s'élèvent.

Léo hausse le ton :

« Vous m'avez nommé. Vous ne pouvez pas vous soustraire à mon autorité. Vous avez l'obligation de procéder par un vote au matin, comme nous le faisons depuis toujours. Et il est déjà trop tard pour en référer. Donc, vous voterez demain et vous me démettrez de mes fonctions. Ensuite, vous pourrez libérer Arco si ça vous chante, parole de coq. Presca retrouve peu à peu sa mémoire, après une bonne nuit de repos, elle pourra nommer son agresseur qui a cru passer inaperçu. »

« Demain, tu seras banni, hurle Rato, Arco retrouvera sa liberté et sa place qui n'aurait jamais dû te revenir. »

Tandis que Léo s'éloigne, ça continue de gronder de tous côtés. Rubi s'inquiète pour son ami :

« Léo… Demain, Arco sera libéré. Comment vas-tu sortir de cette situation ? Ils vont te bannir. »

« Rubi… tu me fais confiance ? »

« Oui Léo, mais, je ne vois ni d'issue ni où tu veux en venir, Arco est innocent l'agression sur Presca le prouve. »

« Non, il n'est pas innocent et j'ai résolu l'énigme des disparus. Les victimes sont dans l'ancien puits. Elles sont recouvertes de terre et de brindilles. Juste avant la battue, Arco m'a invité à regarder dans le trou. C'était une diversion et je suis tombé dans le panneau. Du coup, j'ai fait l'erreur de chasser de ma mémoire la possibilité qu'elles y fussent enfouies. »

« Mais Léo, Arco ne peut plus être le coupable puisqu'il est resté enfermé. »

« C'est là qu'est la deuxième énigme. Il n'y a plus un, mais deux assassins maintenant. »

« Deux ? Arco aurait un complice ? »

« Oui. Cette tentative d'assassinat sur Presca a eu pour but de l'innocenter. »

« Nous saurons qui est le complice, ajoute Rubi, puisque comme tu l'as dit, Presca va pouvoir le dénoncer. »

« Ce n'est pas si simple, car Presca n'a rien vu. »

« Mais alors tu as menti en annonçant qu'elle pourrait dénoncer son agresseur. »

« Toi tu sais que j'ai menti, mais pas le complice de l'assassin. »

« Je ne vois pas où tu veux en venir. »

« Si l'agresseur a pour un temps été persuadé que Presca ne l'a pas identifié, mon mensonge va peut-être le rendre perplexe. Reste à savoir s'il prendra le risque de laisser Presca en vie, ou, dans le doute d'être dénoncé, préférer agir et tenter de l'éliminer. Dans ce dernier cas, il commettra une faute qui le perdra, car nous allons lui tendre un guet-apens. Tu vas m'aider à ramasser un bon nombre de plumes le plus discrètement possible. Nous les cacherons derrière les cabanons. Dès la nuit tombée, Presca quittera sa case. Nous simulerons sa présence en y déposant notre collecte. »

« Un leurre… s'étonne Rubi. »

« Oui, un leurre, répète Léo. Ensuite, nous n'aurons plus qu'à rester à l'affût et si tout se déroule comme prévu, nous coincerons cette vermine. »

« Et si personne ne vient ? »

« Si personne ne vient, tu peux me dire adieu, mon ami. Piéger le coupable cette nuit, c'est la dernière chance. Car, après avoir failli être démasqués, les complices n'exerceront plus leurs forfaits. »

« Et que devient Arco dans tout ça ? »

« L'avenir d'Arco comme le mien dépend de cette nuit. Si rien ne se passe, ce sera à son avantage. L'agression sur Presca l'innocentera et il sera libéré… Il est certain que je me retrouverai enfermé à mon tour. Mais si les faits se produisent tels que je l'espère, lui et son complice devront répondre de leurs actes ignobles. En attendant, essaie de récupérer quelques plumes aux couleurs proches de celles de Presca, surtout les blanches et noires. Soit discret. Je vais la prévenir de la stratégie que nous mettrons en place et je te rejoins. Bien sûr, avise Reinette, mais pour éviter qu'elle ne subisse des représailles, nous ne l'impliquerons pas directement. Elle nous sera utile pour jouer seulement un rôle de guetteur pendant notre cueillette de plumes. »

Léo reprend la direction des cases, tandis que Rubi retourne vers le champ. Il informe Reinette du plan à venir et repart aussitôt exécuter les ordres de son ami. Sur son passage, certains lui reprochent sa proximité avec Léo. Rato est parmi les plus provocants :

« Tu es satisfait ? As-tu conscience où nous a emmenés ton Léo ? Il nous a manipulés pour accuser, enfermer Arco, et prendre sa place. Demain, quand il sera libéré, tu devras toi aussi rendre des comptes. Je peux te prédire que tu vas y laisser des plumes. »

« Il a raison, enchaine Kalu, tu n'as pas l'air de t'en soucier. Mais ça ne va pas durer. Tu n'as rien à dire bien sûr. »

« Non, leur répond Rubi, si je dois me justifier, je le ferai le moment venu. En attendant, gardez vos menaces. »

Puis, il s'éloigne sans relever les caquètements agressifs que lui lancent de nouveau les deux jeunes coqs. Léo, pendant ce temps, est passé devant chaque cabanon où sont exposées diverses cases. Il a rejoint celle de Presca. Miraculeusement, elle n'a pas de séquelles. Les chocs qu'elle a reçus sur sa tête ont certainement été amortis par sa magnifique crête. Cependant, ils ont été assez violents pour l'assommer et la laisser pour morte. Mais elle se porte mieux maintenant. Léo l'informe de son stratagème et lui demande de ne pas bouger jusqu'à la nuit tombée. Après avoir caqueté un moment, il décide de retrouver Rubi pour participer au ramassage des plumes.

Reinette, joue son rôle : surveiller et prévenir si leur manège éveille l'attention. Plusieurs allers-retours sont nécessaires pour cacher leur cueillette derrière les cabanons. Bien sûr, ils ne s'y rendent pas ensemble. Ils le font à tour de rôle et se croisent avec discrétion. Le plus délicat, c'est de passer incognito devant l'abri où Arco se trouve enfermé. Le moindre faux pas et le projet tombe à l'eau. Bienheureusement, tout se déroule comme prévu. Il y a assez de plumes pour confectionner sommairement l'apparence d'une poule. Léo compte surtout sur l'obscurité pour leurrer l'assassin.

Le temps n'attend pas et le soir annonce l'ultime épreuve. Celle qui va sceller le sort du jeune téméraire Léo. Il lance peut-être ses derniers cocoricos. Tous les groupes commencent à se réunir. Certains semblent plus inquiets que d'autres à se demander s'ils ne feront pas partie des prochains disparus. Le jour s'obscurcit et masque peu à peu les dernières lueurs. Chacun regagne son abri. Les plus éloignés restent inoccupés, ce qui est inhabituel. Par sécurité, nombre de congénères font le choix des perchoirs qui offrent une vue plongeante. Ce n'est pas de bon augure. Léo le sait. L'assassin ne prendra jamais le risque de traverser les allées à découvert. Il fait nuit maintenant, mais est-ce suffisant pour appliquer le plan prévu ? Léo rejoint discrètement Rubi et lui fait part de son inquiétude. Ils doutent, ils hésitent. Mais comme on dit, qui ne tente rien n'a rien. Ils décident alors d'aller récupérer les plumes mises à l'abri. Ce faisant, ils se rendent à l'évidence. Il est impossible de passer inaperçu, ce qui remet en cause leur stratégie. Le coupable ne viendra pas. Ils en sont persuadés.

Au moment de rebrousser chemin et abandonner leur entreprise, un clapotis se fait entendre. D'abord léger, puis de plus en plus régulier. La pluie. C'est la pluie qui picore la toiture des abris. Une aubaine, car elle brise le silence. De plus, le ciel s'assombrit et masque peu à peu les ombres et les reflets habituels. Léo et Rubi l'ont bien compris, ils vont pouvoir opérer en toute discrétion ou presque. Et bien sûr, ils espèrent que l'assassin en fera autant. Quelques éclairs cisaillent l'obscurité. Maintenant, la pluie est intense et tombe abondamment. C'est le moment d'agir. À la hâte, ils saisissent de leur bec plusieurs plumes. Et c'est parti… Le plus délicat, c'est de passer sur les planches posées en travers du sol. Mais Léo n'est pas bête… pour étouffer le bruit de leurs pattes sur le bois, il progresse chaque fois que le tonnerre gronde. Après avoir franchi l'entrée du hangar et quelques obstacles, ils parviennent enfin au pied d'une sorte de petite échelle. Puis, une courte ascension les amène auprès de Presca. Elle ne les attendait plus et ne tarde pas à sortir de sa case. Rubi repart aussitôt pour effectuer un autre voyage pendant que Léo commence à déposer les premières plumes sur la paille. Il s'applique à le faire dans un ordre précis et utilise un caillou pour donner l'illusion de la forme d'une tête. L'imitation n'est pas parfaite, mais avec l'obscurité, le piège à des chances de fonctionner. Surtout, qu'il a un beau modèle à ses côtés avec la présence de Presca. Rubi le rejoint et lui remet les dernières plumes. Finalement, ils n'en emploient pas autant qu'ils le pensaient. Léo fait signe à son ami de l'attendre le temps d'accompagner Presca et la mettre à l'abri. Ils ne tardent pas à choisir une case libre, juste un peu plus loin et Presca s'y installe.

« Quoi qu'il arrive, lui dit Léo, ne bouge pas. Reste là jusqu'au matin. »

« Sois prudent, lui chuchote-t-elle. »

« Ne t'inquiète pas, lui répond Léo, il se rapproche d'elle et pose son bec sur le sien. »

Elle a les yeux qui pétillent. Léo lui fait un signe de l'aile et s'en va retrouver Rubi. Leur stratégie est simple. Se poster chacun d'un côté de la case où le piège est tendu et attendre. Ce qu'ils ne tardent pas à faire en espérant que tout se déroule comme prévu. La pluie tombe toujours à flots et l'orage gronde. Les deux amis sont aux aguets. Les minutes s'écoulent, interminables. Puis les heures… Rien. Rien ne se passe. Rubi commence à avoir les paupières lourdes, il somnole. Léo, lui, ne bouge pas une oreille, enfin, pas une plume. Ce serait-il endormi ?

Il pluviote maintenant. On entend le tic-tac, régulier d'un semblant d'horloge. C'est le son léger des gouttes de pluie qui tombent à intervalles sur le coude d'une gouttière. De petites bourrasques sifflent dans les fissures des parois en bois. Des craquements, à peine audibles, viennent épouser le silence. Si bien qu'une mauvaise sensation alerte Rubi. Mais ce n'est qu'une impression. Il attribue les bruissements au temps maussade qui perturbe les alentours. C'est sans compter sur son intuition qui le rappelle à l'ordre. Et, en prêtant plus d'attention, il finit par associer les troubles à une présence. Quelque chose semble se mouvoir. De sa cachette, il ne peut rien distinguer. Pour en avoir le cœur net, il doit se déplacer au risque de se découvrir et faire échouer le plan. Léo, lui, dans sa posture n'a pas ce problème. D'où il se trouve, il a une meilleure vue d'ensemble. Alors Rubi attend une réaction de sa part. Mais son ami ne manifeste aucun signe. Même pas un bout d'aile à l'arrière de la case, comme ils l'avaient convenu pour communiquer. Rubi se questionne :

« Que fait-il ? Lui est-il arrivé quelque chose ? »

Il s'inquiète et s'apprête à sortir de sa cachette. Mais il est retenu in extrémis, car il réalise que le calme est revenu. Plus de courant d'air, plus de bruissement et la pluie a pratiquement cessé. Il est rassuré, mais en partie seulement… « Que fait Léo », se dit-il. Rubi penche alors légèrement sa tête pour tenter d'apercevoir au moins une plume, un signal de son ami. Il promène son regard, et là, tout près, sur un barreau d'échelle… une énorme griffe enserre un échelon. Il reste de marbre, tétanisé à l'idée de trahir sa présence. Immobile, il voit l'ombre d'une patte s'élever lentement… Et une seconde griffe se referme sur l'échelon. Les gros ongles sont aiguisés comme des lames. Rubi retient sa respiration. Il ne bouge pas. Seuls ses yeux suivent maintenant le mouvement d'une masse sombre qui se hisse et disparait. C'est l'assassin, c'est sûr. Que faire ? Où est Léo ? Il attend encore quelques instants et se décide. Il sort silencieusement de sa cachette. Le criminel, lui, entre dans la case où est censée se trouver Presca. Et là, brusquement, à grands coups de bec, il frappe ce qu'il croit être la tête de sa victime. Au moment où il réalise la supercherie, il n'a plus qu'une alternative, la fuite. Mais Rubi vient se planter dans l'encadrement. Il lui fait face. L'assassin n'a d'autre choix que de l'attaquer. Un violent combat s'engage… Dans un mouvement désordonné, ils tombent tous deux dans la case. Rubi est encore jeune et son adversaire semble bien plus expérimenté. L'assaillant parvient à le repousser dans un recoin et les coups de bec pleuvent sur lui. Mais, quelque chose empêche l'agresseur de continuer son acharnement. C'est Léo. Une nouvelle lutte sans merci s'engage. Mais cette fois, l'assassin se retrouve vite en mauvaise posture sur le dos. Léo finit au-dessus de lui :

« Si tu bouges, tu es mort. »

Le combat s'arrête. Rubi, un peu étourdi, vient aux côtés de Léo. Tout à coup, la pénombre révèle l'identité de l'assaillant prostré dans la paille. Les deux amis sont stupéfaits.

« Toi ? Ça alors, dit Rubi qui a du mal à s'en remettre. Et pas seulement pour les coups de bec qu'il a reçus. »

« La matriarche… s'étonne à son tour Léo. Demain toi et ton complice, vous devrez rendre des comptes. En attendant, tu vas rester là… Rubi, aide-moi à rabattre la porte et à pousser le loquet. »

« Je n'ai rien à dire, lance la matriarche, avec hargne. »

« Nous verrons bien, lui répond Léo, tu as le reste de la nuit pour y réfléchir. Vient Rubi, rentrons. »

« Que faisais-tu, lui reproche Rubi, elle a failli m'étriper. »

« Excuse-moi, je m'étais endormi, c'est aussi bête que ça. »

« Heureusement que tu ne ronflais pas, notre plan aurait foiré. »

Les deux amis regagnent leur perchoir pour un repos bien mérité. Mais leur nuit sera courte. Deux ou trois heures, tout au plus, les séparent du lever du jour et rien n'arrête le temps. Un vent léger provoque la course des nuages jusqu'aux premières lueurs. La pluie a cessé. Les clapotis sur la gouttière n'imitent plus le tic-tac d'une horloge. Mais cela n'empêche pas quelqu'un de sonner le réveil. C'est Léo.

LE DÉNOUEMENT

Malgré sa nuit mouvementée, Léo parait en pleine forme et enchaine des cocoricos. Ses congénères arrivent par petits groupes et restent à proximité étonnés par tant d'appels successifs. Il y a quelqu'un qui partage le même étonnement, mais qui le prend bien autrement, c'est Jean-Claude.

« Ha ! non, ce n'est pas possible, hurle-t-il, il est malade ce coq. »

Léo est très vite assailli de questions

« Il faut libérer Arco », dit Rato.

« Oui, reprend Kalu, nous avons maintenant la preuve qu'il n'est pas concerné par les disparitions. »

« Pas si vite, commande Léo, nous allons nous rassembler sous le chêne et je vais vous révéler les coupables. »

« Les coupables ? s'exclame Coki. »

« Mais combien sont-ils ? demande Miro. »

Des regards suspicieux se croisent. Léo exerce aussitôt son autorité afin de ne pas provoquer d'affolements. Rubi, Reinette et Presca viennent auprès de lui.

« Il me faut des volontaires, pour aller chercher Arco et la matriarche reprend-il. »

La réaction ne se fait pas attendre.

« La vieille aussi est enfermée ? » s'étonne Gala.

Chacun se passe le mot comme s'il doutait de l'annonce faite par Léo.

« Mais c'est la doyenne », s'indigne Sira. »

« Oui, et elle ne le sera plus… vous comprendrez pourquoi le moment venu. En attendant que le groupe de jeunes crêtes aille chercher Arco et que celui des coquettes s'occupe de ramener la matriarche jusqu'au chêne. J'assumerai mes responsabilités sitôt après mes révélations. »

Au même moment, Jean-Claude, adossé à la porte de la ferme, tient une bière à la main et regarde le rassemblement qui s'opère. Il lève son bras pour boire une gorgée, mais le redescend aussitôt, quand il voit passer Arco et la vieille poule accompagnés d'une escorte. Il reste bouche bée.

« Ho ! Purée… une arrestation. Mais c'est quoi ce manège ? »

Léo s'apprête maintenant à faire son discours. Tout le monde est groupé et le silence règne.

« Les deux coupables sont là, dit-il en regardant Arco et la matriarche toujours entourés par leur escorte. »

« Vous avez fait une première erreur, vous allez en commettre une deuxième, dit la matriarche, Arco n'y est pour rien ».

« Et toi ? questionne Léo, comment peux-tu justifier ton attaque cette nuit sur Presca. »

Les premiers « ho » d'étonnement résonnent dans l'air.

« Tu ne dis rien ? Je vais donc moi-même dérouler ton scénario afin que tout le monde en ait connaissance. Dans un premier temps, tu as attaqué

Presca, tu l'as trainée jusqu'au puits et tu l'as laissée pour morte. Après que nous l'ayons sortie du trou, j'ai annoncé qu'elle retrouvait peu à peu sa mémoire et qu'elle pourrait nommer son agresseur. Ce qui était faux, mais j'ai semé le doute dans ton esprit. Tu as donc décidé de venir l'éliminer cette nuit pour écarter tout risque d'être dénoncée. Ce que tu ignorais, c'est que Rubi et moi nous t'attendions de patte ferme. (Traduisez : de pied ferme.) Lorsque tu es rentrée dans la case de Presca, tu as cru te jeter sur elle. Mais Presca n'était pas là, nous avions placé un leurre. Quand tu as réalisé la supercherie, tu as tenté de fuir et Rubi t'en a empêché. Je suis intervenu à mon tour et nous t'avons enfermé. Toi qui parles si facilement d'erreur, je peux dire que tu en as commis plusieurs. »

« Mais comment a-t-elle fait disparaitre Lona, Prico et Tania ? » Demande Tito.

Et Zana ? » rajoute Coki.

« La matriarche est impliquée seulement dans la tentative d'assassinat de Presca. Pour les trois précédentes disparitions et l'agression de Zana, c'est Arco le coupable », leur répond Léo.

« Je n'ai rien à me reprocher, s'insurge Arco. Léo ne cherche qu'une chose : prendre ma place. »

« Si Arco est un assassin, nous devons le condamner, mais il nous faut des preuves », lance Kalu.

« Pour le moment, seule la vieille semble responsable de toutes ces ignominies. » Ajoute Rato.

Toute l'assemblée caquette en signe d'approbation. Léo s'adresse de nouveau à la matriarche.

« Arco te laisse porter le chapeau et tu ne te défends pas ? Il se tourne alors vers ses congénères… L'agression sur Presca n'avait qu'un but : innocenter Arco puisqu'il était enfermé… et tout le monde est tombé dans le panneau en exigeant sa libération. »

« Justement, hurle Rato, il était enfermé lorsque la dernière agression a eu lieu, ce qui prouve son innocence. »

« Du calme Rato… Arco et la matriarche avait conclu un pacte. Ils se sont entendus, mais leur plan a foiré. »

« Léo, nous sommes d'accord avec toi concernant la culpabilité de la vieille sur l'agression de Presca. Mais comment prouver leur connivence et rendre Arco responsable des autres méfaits ? » Interroge Polo.

« Il y a deux solutions, soit, ils avouent, soit j'en apporte la preuve, dit Léo. »

Arco réagit.

« On ne peut avouer quelque chose que l'on n'a pas commis. Si la matriarche s'est mal comportée, elle doit être sanctionnée. Mais il ne faut pas tout lui mettre sur le dos. Ne vous laissez pas tromper par Léo, il ne cherche qu'à prendre la tête du groupe. Les victimes ont été emportées donc le coupable est celui que nous avons nommé dès le début : Sauveur. Quant à la preuve d'accusation, je ne suis pas moins curieux que vous tous de la connaître. Parler est une chose, Léo, convaincre en est une autre. » (Il finit en ricanant.)

« Oui Arco, tu as raison, toute affirmation doit reposer sur une vérité. Cette vérité, la voilà. »

Léo tire une plume cachée sous son aile. Tout le monde est surpris et une exclamation plus puissante qu'auparavant résonne dans l'air.

« Cette plume, si particulière, je l'ai trouvée dans l'ancien puits au moment où nous avons secouru Presca. Il est facile de l'associer à son propriétaire. Arco, tu ne peux nier qu'elle t'appartient. »

« Foutaise, s'indigne Arco. Qui n'a jamais perdu un peu de sa superbe. Une bonne rafale de vent l'a tout simplement envolée et déposée dans ce trou inutile. »

Après un court instant de silence, Léo interpelle tout son monde :

« Suivez-moi, j'ai quelque chose à vous montrer. »

Toute la troupe prend le pas de Léo en échangeant des caquètements. Les voilà rapidement tous réunis autour du puits et un lourd silence s'impose. Léo saute par-dessus la bordure. Une fois dans le trou, il se met à gratter… De nombreuses plumes apparaissent. Il les saisit successivement les unes après les autres. Les jeunes coqs ne manquent pas de les faire passer de bec en bec.

« Voilà, ce que l'on trouve en fouillant le sol, dit Léo, les plumes d'Arco, parmi celles de Lona, Prico et Tania. Quelques-unes aussi de Zana qui a réussi à s'extirper du puits avant de succomber et d'autres de Presca qui en a réchappé de peu. Alors, il faudrait m'expliquer par quel miracle tout cela s'est retrouvé entremêlé à quelques centimètres sous terre avec les restes de nos camarades. Toi, la matriarche, tu n'as toujours rien à dire ? »

À la grande surprise, elle finit par s'exprimer :

« Je n'y suis pour rien là-dedans. Vous voyez bien qu'il n'y a pas de trace me concernant. J'assume mon agression envers Presca, mais je ne suis pas impliquée dans les disparitions. »

« Tu n'en dis pas assez, lui répond Léo. Pour quelles raisons avoir voulu éliminer Presca ? »

« Ne dis rien, lance Arco à la matriarche. »

Mais elle ne l'écoute pas et poursuit :

« Je croyais Arco innocent. D'abord, il m'a convaincu que Léo n'avait qu'un but : prendre sa place en me rappelant qu'il avait été le seul à entendre Zana le dénoncer, et personne d'autre. J'ai alors cru à la thèse d'un complot orchestré par Léo. Arco m'a demandé de le sortir de ce mauvais pas afin qu'il trouve de nouveaux indices et rétablir la vérité. Mais pour être libéré, il devait être lavé de tous soupçons. Pour y parvenir, il n'y avait pas trente-six solutions, seul un sacrifice pendant son enfermement pouvait prouver qu'il n'était pas l'auteur des faits qu'on lui reprochait. J'ai longtemps hésité. J'ai pesé le pour et le contre et finalement, j'ai accepté. Il valait mieux perdre l'un d'entre nous plutôt que de voir les disparitions se succéder. »

Des caquètements de révolte montent dans l'air.

« Et pourquoi s'en prendre à Presca ? » Questionne Léo.

« Je l'ai choisie, car elle n'occupait pas un perchoir et sa case était à l'abri des regards bien plus que d'autres. »

Les exclamations se renouvellent. Puis, elle reprend.

« La suite vous la connaissez… je l'ai laissée pour morte dans le puits. J'ignorais à ce moment-là que Lona, Prico et Tania y étaient enfouis. Je pense qu'une fois libéré, Arco aurait enterré Presca comme les autres. Je reconnais que j'ai été leurrée. »

« Leurrée… plutôt deux fois qu'une souligne Léo. Nous prenons acte de ta défense, mais sache qu'elle ne justifie en rien ton comportement. »

« C'est un complot, », cocoricote Arco tout excité.

« Un complot dont tu es l'instigateur lui reproche Léo. La matriarche vient d'avouer les raisons qui l'ont poussée à commettre l'impensable… Et toi Arco, comment peux-tu justifier tes abominations ? Ton premier devoir était de nous protéger. »

« Justement, c'est pour vous protéger que j'ai fait tout cela », cocoricote le vieux coq.

Il provoque alors un brouhaha.

Léo doit intervenir pour éviter qu'Arco ne se fasse lyncher :

« Cocorico… Ta réponse Arco n'est pas logique. »

« Ma logique, c'est le nombre, répond-il rageusement. Voyez combien nous sommes, croyez-vous que vous allez tous passer de beaux jours et continuer à élever vos progénitures. »

« Qui nous en empêchera, si ce n'est toi ? lui reproche Rika. »

« Qui ? Je le répète, le nombre. Jacques finira par nous trouver trop nombreux et il demandera à Sauveur de récupérer quelques-uns d'entre nous. Non pas pour promener dans sa ferme, mais pour être abattu. Alors, j'ai préféré m'occuper moi-même de cette tâche ô combien difficile ! Oui, j'en éliminais certains pour en sauver d'autres. »

« Peut-être pour te sauver aussi, souffle Léo. Quant à tes allégations, elles ne sont pas des certitudes. Jacques n'a pas l'âme d'un bourreau pour nous mener à l'abattoir. De plus, tu n'avais pas à te réserver le droit de vie ou de mort sur l'une ou l'un d'entre nous. Je m'oppose à pratiquer sur toi ce que tu as fait aux nôtres. Je ne veux pas de lynchage. Mais bien sûr, tu mérites un jugement et une peine. Tu nous as trahis, et d'une façon des plus ignobles. Je vous demande donc à tous de vous concerter et de délibérer sur la sentence. Sitôt qu'une majorité s'imposera, vous détacherez un porte-parole qui viendra près de moi annoncer votre décision. »

Des groupes ne tardent pas à se former et se croiser. Ça caquette dur. C'est à ce moment-là que Jean-Claude sort de la ferme et jette un œil vers le champ. Il regarde le manège des poules qui se concertent et qui cocoricotent.

« Bou diou, elles dansent maintenant », se dit-il.

Tandis qu'au loin, la délibération s'opère. Une congénère finit par se rapprocher de Léo, puis se tourne vers l'assemblée :

« Si Léo ne s'y oppose pas, nous appliquerons la stratégie qu'Arco désirait nous faire exécuter pour accuser le vieux. Nous mimerons des agressions et Jean-Claude finira par le mettre à l'écart. Quand

Jacques reviendra, il décidera de son sort. En ce qui concerne la matriarche, nous la bannissons. Aucun d'entre nous ne s'approchera plus d'elle. Nous l'isolerons. Telles sont les mesures que nous envisageons de prendre. »

« Je respecterais vos résolutions », dit Léo. Dans l'attente d'appliquer le plan prévu, Arco restera sous la surveillance des jeunes crêtes. Et maintenant, il est venu le temps de retrouver un peu d'insouciance et de profiter des beaux jours. Désormais, chacun pourra regagner la case ou le perchoir de son choix. Bien sûr, sans s'approprier celui occupé habituellement par son voisin. Je fais le serment de veiller sur chacun d'entre vous et de rester fidèle à mes engagements. »

Rubi prend alors la parole en haussant le ton : « Pour notre guide, notre chef Léo : cocorico, hourra. » (Hé oui, car les poules n'arrivent pas à dire hip, hip, hip.)

Tout le monde reprend à l'unisson des caquètements de joies… Jean-Claude applaudit et s'exclame : « Tant qu'on y est, je participe. »

ÉPILOGUE.

Un réel apaisement aura lieu au fil du temps. Léo sera un chef respecté de tous. Mais il devra se méfier de la jalousie des deux jeunes coqs, Rato et Kalu.

La communauté appliquera le plan prévu en mimant des agressions opérées par Arco. Jean-Claude finira par intervenir. Il attrapera le vieux coq qui ne cessera de cocoricoter envers ses congénères :

« C'était pour vous sauver… c'était pour vous sauver. »

Au retour de Jacques, Jean-Claude lui fera part du comportement des poules et de l'enfermement d'Arco. Il l'informera aussi de tous les incroyables évènements qu'il aura vus se dérouler dans le champ.

Les situations invraisemblables racontées par Jean-Claude laisseront son ami sans voix. Pour ne pas le vexer, Jacques ne le contredira pas et lui proposera même d'en écrire un livre.

Arco finira dans la ferme du vieux et plus personne n'entendra ses cocoricos. Quant à la matriarche, elle sera retrouvée morte dans une case quelque temps plus tard. La vieillesse sera la cause privilégiée.

Et puis enfin, par un beau matin, en regardant vers le champ, on y verra Léo et Presca, côte à côte, suivis par une ribambelle de poussins.

TABLE DES MATIÈRES

www.ingramcontent.com/pod-product-compliance
Lightning Source LLC
LaVergne TN
LVHW092020190726
843493LV00002B/525